Loi n° 49-956 du 16 juillet 1949 sur les publications destinées à la jeunesse, modifiée par la loi n° 2011-525 du 17 mai 2011

Le petit chevalier qui n'avait pas d'épée

Développer la confiance en soi et accepter ses différences

Collection des contes d'Ankaa :

LE PETIT TSAR QUI NE VOULAIT PAS ÊTRE PAUVRE

Comprendre la loi de l'attraction et la pensée positive

LE PETIT OURSON QUI N'AVAIT PAS DE CHANCE

Comprendre le sens des épreuves de la vie et la résilience

LA PETITE ÉTOILE QUI N'AVAIT PAS PEUR DE LA NUIT

Comprendre et accepter le deuil

LE PETIT LUTIN QUI CROYAIT À LA MAGIE DE NOËL

Croire en ses rêves et développer son pouvoir de création

LE PETIT FUNAMBULE QUI N'AIMAIT PLUS LE CIRQUE

Comprendre et accepter la séparation parentale

LA PETITE FILLE QUI N'AIMAIT PAS L'ÉCOLE

Développer ses capacités et ses aptitudes et se valoriser sans se comparer

LE PETIT FERMIER QUI POSSÉDAIT DE GRANDS POUVOIRS

Comprendre et accepter ses aptitudes subtiles et énergétiques

LE PETIT CASSE-NOISETTE QUI AVAIT PEUR DU MAGASIN DE JOUETS

Affronter et dépasser ses peurs

LA PETITE VOLEUSE DE DIAMANTS QUI VOULAIT BRILLER

Comprendre l'importance de la droiture et de l'honnêteté

Stéphanie Abellan

Les Contes d'Ankaa

Le petit chevalier qui n'avait pas d'épée

Développer la confiance en soi et accepter ses différences

www.lesmedeoresdankaa.fr

Auto-édité par Stéphanie Abellan

Couverture : Noémie TricochePonkino
Instagram : Ponkino / Mail : ponkinocontact@gmail.com

Le code de la propriété intellectuelle interdit les copies en reproduction destinées à une utilisation collective. Toute représentation ou reproduction intégrale ou partielle faite par quelque procédé que ce soit, sans le consentement de l'auteur ou de ses ayants cause, est illicite et constitue une contrefaçon, aux termes des articles L.335-2 et suivant du Code de la propriété intellectuelle

© Tous droits réservés. Stéphanie Abellan, 2020

Stéphanie Abellan

Thérapeute spécialisée sur la mémoire cellulaire depuis de nombreuses années, Stéphanie Abellan a inventé et créé le concept de bijoux énergétiques medeores qui permettent de nettoyer et de libérer les mémoires bloquantes émotionnelles et énergétiques.

Chaque conte d'Ankaa est tout d'abord écrit de manière à guider l'enfant à développer ses valeurs spirituelles. Une thématique est abordée afin de l'aider à grandir de façon consciente.

Mais ces contes lui permettent également d'accroitre ses propres valeurs morales. L'enfant y rencontrera des notions fondamentales telles que l'empathie, la famille, le partage, la tolérance, etc.

Vous retrouverez l'ensemble des outils et des soins proposés par Stéphanie Abellan sur le site :

www.lesmedeoresdankaa.fr

Mais également sur le compte Instagram « lesmedeoresdankaa » où du contenu gratuit et divertissant vous est proposé autour de la spiritualité et du développement personnel afin d'avancer plus légèrement sur ce chemin.

Avant-propos

Bienvenue à toi petit magicien en herbe, dans ce livre de conte énergétique. Sache que tu possèdes de nombreux pouvoirs magiques que cette collection de livres va t'apprendre à maîtriser et à utiliser afin que tu puisses les appliquer dans ton quotidien.

Chaque personne est en réalité un magicien. Certaines le savent déjà et utilisent leurs pouvoirs tous les jours et d'autres n'ont même pas conscience qu'elles possèdent autant de magie en elles !

Et toi, savais-tu que tu étais un magicien ?

Ensemble, nous allons t'expliquer et te raconter une histoire qui réveillera toutes ces facultés que tu possèdes en toi.

Chaque personnage de chaque conte d'Ankaa est une facette qui est déjà en toi. Grâce à chaque histoire, tu pourras toi aussi faire comme le héros du livre et créer ta réalité !

Je te souhaite une magnifique lecture et comme tout bon magicien n'oublie pas de poser à côté de toi tes pierres magiques.

Ça peut être un quartz rose pour t'apaiser, une charoïte pour libérer ton mental, ouvrir tes facultés subtiles et calmer l'anxiété ainsi que les cauchemars, ou bien encore une larimar si tu as des chagrins, des frustrations ou des colères que tu veux déposer pour te sentir plus léger…

Avant de commencer la lecture de ce conte, mon petit magicien, je vais te donner quelques petits conseils.

Tout d'abord, nous allons installer un rituel pour chaque lecture : si tu es encore un apprenti magicien et que c'est une personne que tu aimes et avec qui tu te sens très à l'aise qui te lit l'histoire et UNIQUEMENT si tu le souhaites, nous allons commencer par créer un mini nuage d'amour.

Tu vas prendre les mains de cette personne : l'un de tes deux parents par exemple, mais ça peut aussi être un autre être qui t'est cher !

Vous allez ensuite vous regarder dans les yeux durant 30 secondes ! Oui, je sais, petit magicien ! Cela te paraît long, mais en réalité vous n'allez pas faire que vous regarder !

Durant ces 30 secondes, vous allez vous envoyer des pensées d'amour !

Vous pouvez envoyer n'importe quelles phrases qui vous font plaisir : *« je t'aime, maman »*, *« papa est le plus beau papa du monde »*, *« tu es très joli(e) »*, etc.

À la fin de ces 30 secondes, vous allez ensuite faire un énorme câlin !

Vous allez à ce moment-là sentir quelque chose… de magique ! Toutes les pensées d'amour et de bienveillance que vous vous êtes envoyées seront encore présentes énergétiquement autour de vous ! Durant ce câlin, vous pouvez vous amuser à ressentir leurs vibrations.

Si tu lis ce livre tout seul comme un magicien junior, alors tu pourras faire le rituel tout seul !

Durant 30 secondes, tu vas t'envoyer tout plein de compliments ! Imagine que tu es une immense star et que des millions de personnes t'admirent et veulent être comme toi ! Que diraient-elles de toi ?

Une fois que tu te seras complimenté, tu pourras te serrer très fort dans les bras !

Maintenant que le rituel magique de début de conte est terminé, nous allons pouvoir ouvrir le grimoire.

Bienvenue dans un nouveau monde magique… Bon voyage !

Il était une fois l'histoire du petit Yarold. Yarold était un petit garçon de 14 ans qui habitait non loin du château de Marcilhac. Ses parents étaient paysans et travaillaient la terre. Ils étaient âgés et commençaient à fatiguer. Leur petite maisonnette se trouvait en plein milieu d'un champ et une écurie de fortune avait été construite juste à côté afin de faire dormir tout près d'eux Éclair le cheval du papa paysan et le troupeau de bétail.

Yarold se leva d'un bond ce matin-là : c'était le vendredi 30 juin, l'année scolaire touchait à sa fin et voilà qu'aujourd'hui il allait enfin pouvoir s'inscrire au plus grand tournoi du pays, le tournoi des chevaliers de Marcilhac.

Il en rêvait ! Depuis tout petit, il attendait d'avoir 14 ans pour pouvoir être en mesure d'y participer. Ce matin-là, sa maman n'eut pas besoin de lui répéter de se réveiller. À 7 h 50, il se trouvait déjà accoudé à l'imposante table en chêne qu'avait fabriquée son père et buvait son bol de lait.

« Tout est prêt, mon grand ? lui demanda sa mère en lui caressant les cheveux.

— Eh ! répondit-il en retirant sa main. Je ne suis plus un bébé, maman ! Aujourd'hui je vais m'inscrire au tournoi des chevaliers ! Et si je gagne, je vous promets de vous offrir une belle maison où vous n'aurez pas froid, et je vous couvrirai de nourriture pour que vous n'ayez plus jamais faim.

— Si seulement, Yarold ! Mais ce tournoi est redoutable, tous les plus grands combattants y seront, quelles sont tes chances ?

— Ne le démoralise pas ! intervint son père en entrant dans la pièce. Voici ton épée ! » lui dit-il en lui tendant une petite épée rouillée dans un étui abîmé.

Yarold leva les yeux devant l'objet tant convoité : son père lui avait promis son épée depuis tout petit et aujourd'hui il allait enfin pouvoir l'arborer fièrement.

Il enfila la sangle de l'épée autour de ses hanches et s'amusa à la dégainer plusieurs fois en éclatant de rire. Il regarda l'heure : 7 h 55 !!! Il devait se dépêcher, il avait encore une heure de marche à faire pour arriver jusqu'à son école qui avoisinait le château du grand roi.

D'habitude, l'idée de marcher pendant une heure tous les jours, matin et soir, le contrariait. Mais aujourd'hui, muni de son épée, cela n'avait aucune importance.

Il marchait depuis une quarantaine de minutes et était en pleine réflexion sur ce qu'il ferait s'il gagnait le million d'écus offert au gagnant du tournoi quand un bruit attira son attention. Un nuage de poussière ainsi que l'éclat de plusieurs galops puissants s'élevèrent au loin. En quelques secondes une horde de chevaux noirs, tous munis d'un regard transperçant, se trouva devant lui.

Une voix se fit entendre par-delà la crinière d'un cheval : c'était Jeremy, le fils du roi. Il le toisa d'un regard sournois et lui dit :

« Que fais-tu là, fils de paysans ? Pourquoi n'es-tu donc pas au champ en train de semer le blé que je mangerai ?

— Je ne suis pas paysan, je vais à l'école ! » répondit-il en levant un sourcil.

Le jeune prince remarqua le fourreau qui pendait nonchalamment autour de sa taille. Il éclata de rire en le désignant à ses copains et tous se moquèrent de lui ouvertement. Il descendit de son cheval et donna un coup de pied dans l'épée du jeune fils de paysans en lui disant :

« Ne me dis pas que tu comptes t'inscrire au tournoi des chevaliers ?

— Bien sûr que si ! » répondit-il en levant le menton.

Tous les jeunes garçons étaient descendus à terre et entouraient Yarold de façon menaçante.

« Eh bien, cela m'étonnerait fort ! » dit Jeremy en attrapant l'épée rouillée et en la jetant de toute sa puissance contre un énorme rocher.

L'épée tournoya durant plusieurs secondes et fut brisée par le choc contre la pierre. Yarold courut auprès d'elle en hurlant :

« Pourquoi as-tu fait ça ?!! demanda-t-il au prince de Marcilhac.

— Je fais ce dont j'ai envie et tu devrais me remercier, tu éviteras d'être ridicule ainsi. Et puis as-tu vu ta carrure ?! Tu es aussi fin qu'un fil de fer ! Et tu n'as jamais couru de ta vie !

— Ce n'est pas gentil de te moquer ! Tu as ruiné mon rêve de participer à un tournoi...

— Tu n'avais aucune chance ! lança le prince en faisant cabrer son cheval. Allez, bonne journée, nous te saluerons depuis les arènes ! »

Yarold resta assis devant ce qui restait de son épée en regardant s'éloigner les jeunes hommes. Il n'y croyait pas. C'était impossible ! Que faire maintenant ? S'inscrire quand même au concours sans épée et que tout le monde se moque de lui ? Ou abandonner ce rêve qui lui tenait tant à cœur ?

Tandis que Yarold avançait tête baissée sur le chemin qui menait sur les collines, son petit cœur pesait très lourd. Il arriva devant le majestueux château et aperçut une petite table derrière laquelle se trouvaient deux chevaliers en tenue. Il s'avança timidement.

« Tu viens t'inscrire au tournoi, petit ? lui lança l'un d'eux.

— Oui, répondit-il, très impressionné.

— Remplis ce formulaire et signe tout en bas !

— Peut-on participer même sans épée, Monsieur ? » osa-t-il demander le cœur lourd.

Les deux hommes se regardèrent et éclatèrent de rire.

« Mais quel genre de chevalier viendrait se battre sans épée, petit ?? Le règlement ne te l'interdit pas, mais tu peux être certain de perdre ! »

Le petit garçon leur tendit la feuille signée et prit le chemin pour l'école, résigné. S'il ne trouvait pas d'épée avant le 31 août, jour du tournoi, son rêve s'effondrerait. La dernière journée de classe fut très longue et les autres enfants étaient dissipés. Tout le monde attendait les vacances de pied ferme. Dès que la cloche retentit à 17 h, tous se ruèrent à l'extérieur en hurlant. Yarold reprit le chemin de sa maison durant une heure de plus.

Lorsqu'il arriva à la maison, sa mère était assise à la table en bois et se tenait la tête dans les mains. Yarold oublia instantanément ses petits soucis et accourut auprès d'elle : il était son seul enfant et il aimait ses parents plus que tout.

« Maman ! Maman ! Mais que se passe-t-il ?? »

Sa mère releva la tête et ses yeux rougis s'embuèrent de larmes.

« C'est une catastrophe, Yarold ! Ton père est tombé à cheval en partant au champ. Sa jambe est cassée, il ne peut plus aller au champ et moi seule je ne peux pas m'occuper de tout... Nous ne pourrons plus vendre les récoltes comme avant, ni même nous nourrir !

— Maman ! Ne t'inquiète pas ! Nous allons trouver une solution ! L'école est terminée pour moi, dès demain je viendrai avec toi au champ et je t'aiderai !

— Mais qui ira vendre les légumes au marché de Marcilhac ??

— J'irai aussi ! J'ai l'habitude de faire le trajet et je sais bien compter ! Nous ferons comme cela en attendant que papa aille mieux.

— Mais... et ton tournoi ? demanda sa mère d'un air triste. Quand pourras-tu faire tes entraînements ?

— Oh, je ne souhaite plus le faire, dit-il d'un air évasif, ne t'inquiète pas. »

Le lendemain matin, Yarold et sa mère partirent au champ aux aurores pour travailler. La matinée était réservée aux travaux de force pour le petit garçon : il portait les meules de foin pour donner à manger aux animaux, puis il creusait les tranchées pour semer les récoltes de la saison. Sa mère s'occupait de planter et ensuite il retournait une nouvelle fois la terre. Ses bras hurlaient de douleur et des cloques étaient apparues sur ses doigts.

Il ne se plaignait pas pour ne pas que sa mère lui dise de rentrer à la maison. Autour de 14 h, il avala sur le pouce le repas que lui avait préparé sa mère et s'apprêtait à partir pour le marché.

Sa mère se releva et posa sa main sur son dos. Le soleil avait rougi sa peau et son regard exprimait toute sa fatigue. Yarold se rendit compte que le trajet jusqu'à la maison était fatigant pour elle, il décida de lui laisser Éclair le cheval. Dorénavant, il décida qu'il partirait au marché en courant, ainsi il gagnerait même un peu de temps. Il rangea soigneusement les légumes dans un grand sac en toile et le jeta sur son dos. Au début, le poids du sac le fit un peu faiblir sur ses appuis, puis il effectua un nœud sur son torse de façon à bien caler le paquetage.

En allant au marché en courant il ne mettrait que trente minutes, il lui suffisait de prendre le rythme, voilà tout.

Il s'élança et bientôt sa mère ne vit plus qu'un petit point au loin qui disparaissait par la route principale.

De prime abord essoufflé, sa volonté de vendre les légumes et de rentrer se reposer lui donna une force supplémentaire et il garda la cadence tout le long du chemin.

La vente des légumes au marché fut rapide : tandis que les autres commerçants déballaient leurs légumes, Yarold avait simplement posé son paquetage au sol. Les pressés étaient directement venus les lui acheter sans tarder. Le garçon était content, car en temps normal ses parents revenaient avec leurs cagettes pleines ou bien ils vendaient leurs légumes à perte. C'est tout léger qu'il reprit le chemin en sens inverse.

Les semaines suivantes se succédèrent et malheureusement elles se ressemblèrent toutes : Yarold sortait avant le lever du jour, il travaillait dur au champ, puis il partait en courant pour arriver premier au marché. Ensuite, il rentrait épuisé en fin d'après-midi sans avoir plus aucune énergie ni envie de s'entraîner pour son tournoi.

Face aux problèmes de santé de son père et aux problèmes financiers de ses parents, il n'avait même pas osé leur dire qu'il n'avait plus d'épée et que sa participation n'était plus vraiment de mise.

Un beau jour du mois d'août, Yarold était en train de vendre ses légumes sur le marché lorsqu'il entendit une conversation entre deux badauds :

« Ce sera l'un des tournois les plus sensationnels jamais vus ! dit un monsieur chauve.

— Oui ! Le roi est tellement sûr que son fils Jeremy sera le gagnant qu'il a mis un gain colossal pour le vainqueur des duels !

— Le petit s'entraîne jour et nuit ! Son épée a été coulée dans le métal le plus solide et le plus brillant jamais vu !

— Vivement que le tournoi commence !! » répondit l'un des deux hommes tout en s'éloignant.

Yarold baissa la tête. Pas d'épée, pas d'entraînement. Quel genre de chevalier était-il ? À quoi bon se présenter au tournoi ? Il ne voulait pas se couvrir de ridicule.

Comme à son habitude, il remballa le sac en jute désormais vide qui avait servi à apporter la récolte du jour et il reprit le chemin de la maison en courant.

Il arrivait désormais à faire le trajet en moins de vingt minutes. Il était content, le chemin lui semblait plus court.

Quand il rentra cet après-midi-là, sa mère et son père étaient tout sourires. Sa mère l'accueillit chaleureusement et lui dit :

« Mon fils, nous avons une très bonne nouvelle ! Le médecin est passé : ton père a terminé sa convalescence, il peut reprendre le travail ! Tu n'auras plus à venir nous aider et tu pourras pleinement t'entraîner pour le grand tournoi de samedi ! »

Yarold baissa la tête.

« Je ne pense pas participer, maman. Il ne me reste que trois jours et je n'ai plus d'épée. »

Son père releva la tête du parchemin qu'il lisait.

« Mais qu'as-tu fait de ton épée, fils ??

— On me l'a cassée... répondit-il, honteux.

— Qui donc ?! demanda son père, furieux.

— Jeremy et ses amis. Ils m'ont suivi alors que je partais en direction de Marcilhac. Puis ils ont cassé mon épée et se sont moqués de moi.

— Sais-tu ce que cela signifie ? demanda sa mère en souriant.

— Que je ne pourrai pas participer au concours..., répondit le petit garçon en baissant la tête.

— Non, cela signifie qu'ils t'ont fait un énorme cadeau. Ta victoire n'en sera que plus belle ! Dans la vie, il ne faut pas perdre du temps avec les personnes qui font de mauvaises choses. Concentre-toi plutôt sur tes forces et tes capacités, ce sont elles qui te porteront haut. Quand tu fais le bien, le bien te revient. Quand tu fais le mal, il te revient aussi. Tu n'es peut-être pas le garçon le plus riche, le plus grand ou le plus fort de Marcilhac, mais tu es le plus gentil des enfants. Tu n'as pas hésité à nous aider alors que nous traversions une période difficile, tu m'as cédé le cheval quand j'étais fatiguée et tu as pris soin de rapporter de l'argent pour que nous subvenions à nos besoins. Tu es une merveilleuse personne et moi je crois en toi. »

Yarold était touché par les mots de sa mère, mais il était si déçu de passer à côté de la chance de sa vie qu'il partit se coucher sans souper.

La fin de la semaine approchait à grands pas et bientôt arriva le samedi 31 août, jour d'ouverture du très grand tournoi des chevaliers de Marcilhac. Tous les participants étaient attendus à 9 h du matin pour recevoir leur ordre de passage.

Yarold était dans son lit ce matin et il se demandait encore s'il devait s'y rendre quand soudain les mots de sa maman résonnèrent en lui : « dans la vie, il ne faut pas perdre du temps avec les personnes qui font de mauvaises choses. Concentre-toi plutôt sur tes forces et tes capacités, ce sont elles qui te porteront haut ».

Mais bien sûr ! Sa mère avait raison ! Il allait se rendre au tournoi et participer, car il croyait en lui.

Sa famille croyait en lui et c'était tout ce qui importait ! Il attrapa sa tenue de chevalier et s'élança jusqu'au château de Marcilhac.

Quand il arriva, toute la ville s'y trouvait déjà. Les combats avaient commencé : sur la première arène de combat, une jeune fille d'environ son âge combattait contre un très grand garçon blond. C'était Jeremy ! Le fils du roi ! Celui-ci regardait son adversaire d'un air dédaigneux, il frappa une fois le cheval sur le flanc, l'animal se cabra et fonça sur la jeune fille. Jeremy lui adressa un coup d'épée dans le dos et la petite chevalière tomba au sol. Le fils du roi se jeta sur elle et du bout de son épée coupa en deux le fil rouge attaché autour de son casque. Le duel était terminé, la demoiselle avait perdu.

Yarold pesta. Jeremy était surentraîné, comment allait-il faire ?

Les combats s'enchaînèrent et bientôt le nombre de participants se réduisit. Yarold n'avait eu pour le moment que deux combats : le premier, le petit garçon ne savait pas se servir de son épée, il n'avait eu aucun mal à couper le ruban rouge, et l'autre avait déclaré forfait, car il s'était blessé au combat précédent et n'arrivait plus à monter en selle.

À 13 h 30, seuls quatre chevaliers étaient encore en lice pour le grand titre du tournoi de Marcilhac. Yarold fut mis en duel contre Leonis, un des riches amis de Jeremy. Il était tout aussi méchant et à craindre. Yarold entra dans l'arène, tout transpirant. Leonis faisait des tours de piste en se montrant et hurlait à la foule de l'acclamer. Certains l'applaudissaient très fort tandis que d'autres le huaient.

L'heure du combat sonna et Yarold se mit en position de garde. Face à lui, le cheval de l'autre chevalier le fixait d'un regard noir. Pour se donner du courage, il repensa à sa maman : « dans la vie, il ne faut pas perdre du temps avec les personnes qui font de mauvaises choses. Concentre-toi plutôt sur tes forces et tes capacités, ce sont elles qui te porteront haut ».

Leonis hurla au cheval de se ruer sur lui et aussitôt le cheval se lança au galop. La foule n'en revenait pas qu'un garçon puisse combattre sans cheval ni épée. Yarold esquiva le cheval une première fois. Il était rapide et précis. L'ami du prince de Marcilhac fit demi-tour et se rua une nouvelle fois sur Yarold.

À nouveau, celui-ci l'esquiva sans aucun problème. Il commença alors à courir tout autour du cheval, de plus en plus vite. Celui-ci, surpris, tournait sa longue gueule de part et d'autre et semblait perdu par la vitesse dont faisait preuve Yarold.

Malgré les ordres et les coups de Leonis qui lui hurlait de galoper, le cheval pris de tournis s'effondra par terre dans un gros fracas et posa sa tête au sol pour retrouver son équilibre. Yarold stoppa sa course et profita du fait que Leonis soit tombé au sol pour lui couper le ruban rouge disposé sur son casque.

La foule se leva et acclama le petit paysan durant de longues minutes.

Yarold fut très surpris par ce qui venait de se passer : il ne savait pas qu'il pouvait courir aussi vite. Il pensa que ceux qui se moquaient et le traitaient de fil de fer ne s'étaient jamais rendu compte que son poids plume lui donnait d'énormes capacités en sprint. Sa mère avait raison ! Il s'était concentré sur ses forces et non sur ses faiblesses et tout d'un coup ses faiblesses étaient devenues ses forces !

Le petit chevalier sourit, il savait que le prochain duel serait la finale du tournoi.

Il courut jusqu'à l'arène voisine pour découvrir les finalistes. Bien évidemment, Jeremy se trouvait là. Il était en train de combattre contre une demoiselle aux cheveux bouclés qui lui donnait du fil à retordre.

Bien que la jeune fille fût bien plus rapide et plus douée que lui, il semblait que le fils du roi ait une longueur d'avance : il tapait volontairement sur le cheval de son adversaire à chaque fois qu'ils se croisaient et l'animal refusait désormais d'écouter sa maîtresse. Il n'eut point de mal à gagner son duel lorsque la jeune fille se trouva expulsée de son cheval par celui-ci qui finit par ne plus écouter aucun ordre.

Jeremy se pavanait et défilait autour de l'arène en saluant la foule qui l'observait. Yarold se demanda comment il allait pouvoir le vaincre.

Le roi lança officiellement le début du duel final et Yarold avala sa salive : Jérémy avait ouï dire de sa victoire écrasante contre Leonis et il avait laissé son cheval hors de l'arène afin de ne pas subir le même sort. Les deux garçons se trouvaient face à face, Jérémy tenant dans ses mains sa majestueuse épée coulée dans le métal le plus précieux et le plus lourd. Yarold, quant à lui, avait les mains vides. Il les essuyait tant qu'il pouvait sur son armure.

La corne de brume retentit et aussitôt Jeremy courut vers Yarold. Il leva son épée et tenta de le toucher, mais l'épée était lourde pour le fils du roi. Durant ce laps de temps, Yarold eut le temps de se baisser au niveau du sol en évitant le coup. Il attrapa ensuite les pieds de son adversaire, le souleva et le projeta au sol.

La foule se leva d'un bond et l'acclama. Yarold se rendit compte que toutes les heures de travail au champ avaient décuplé sa force et qu'en l'espace de deux mois il s'était transformé. Le combat dura encore quelques minutes de plus jusqu'au moment où Jeremy retomba une énième fois au sol, en pleurs. Yarold s'approcha doucement et coupa le ruban rouge disposé sur son casque et lui tendit la main pour l'aider à se relever.

« Pourquoi m'aides-tu à me relever ? demanda le jeune garçon, penaud.

— Parce que te voir à terre ne me fera pas grandir plus. La vie donne elle-même ses leçons, je n'ai pas besoin de m'acharner sur toi.

— Je suis désolé d'avoir cassé ton épée. »

Le jeune garçon se leva et lui tendit l'énorme épée dans son fourreau bleu royal.

« Tiens. Je te l'offre, tu as la force nécessaire pour t'en servir, moi je vais devoir m'entraîner davantage.

— Je t'aiderai si tu le souhaites, avec grand plaisir ! »

Les deux jeunes hommes se serrèrent la main. L'acclamation de la foule retentit et le roi s'approcha afin de lui apporter la charrette remplie de sacs d'écus qu'il venait de remporter.

« Bravo, petit ! Tu nous as offert ici une belle leçon de vie. Sans arme et sans cheval, tu as su utiliser ton intelligence et ta capacité d'adaptation. Tu mérites amplement cette victoire ! Où sont tes parents que je les félicite également ?

— Ils n'ont pas pu venir, mon Roi. Mon père s'est fracturé la jambe il y a peu et le chemin jusqu'ici était bien trop long pour son état... »

Soudain, un bruit retentit au fin fond de l'arène. Tout le monde se tourna et sous l'arcade un couple de paysans apparut. Yarold n'en croyait pas ses yeux ! Ses parents étaient ici ! Au royaume de Marcilhac !

Il se jeta dans leurs bras. Son père posa le bâton qui lui servait de canne et prit la parole, fatigué :

« Nous sommes venus, car nous croyions très fort à la victoire de notre fils. Malgré les difficultés, mon garçon est un battant. Il est loyal et il possède de nombreuses qualités dont jamais personne, pas même lui, ne devrait douter.

— Mais papa ! Pourquoi avoir fait tout ce trajet avec cette jambe souffrante ?

— Je voulais te prouver que si toi tu parvenais à te battre sans épée, alors rien ne serait impossible. Je suis fier d'être venu et d'avoir pu assister à ton adoubement.

Le roi sourit et déposa sur le petit garçon la médaille « Chevalier de Marcilhac ». Il désigna ensuite la charrette pleine d'or et les deux chevaux qui la tractaient :

« Le retour chez vous sera plus agréable ! Ces deux chevaux sont à vous ! Ce seront vos nouveaux compagnons de route. Comment souhaites-tu les appeler, petit ? »

Yarold réfléchit un instant et répondit :

« Confiance en soi et Loyauté ! Car ce sont les deux choses qui dirigent ma vie et me font prendre les bonnes directions ! »

Tout le monde applaudit et le petit chevalier sortit de l'arène sur sa monture, ses parents confortablement installés à l'arrière, entourés de tous les sacs d'écus.

Sous le soleil, la médaille de chevalier brillait de mille feux.

FIN

CE QU'IL FAUT RETENIR DE CE CONTE :

- Peu importe avec quelles prédispositions tu démarres un projet, ce qui compte c'est que tu le finisses. `

- Les autres ont aussi des complexes et des défauts, mais souvent ils préfèrent les cacher.

- Lorsque les autres utilisent la méchanceté envers nous, il est préférable de ne pas la leur rendre.

- La bonté du cœur paye toujours.

- Aucune situation n'est définitive, parfois le temps peut trouver des solutions que l'on n'imaginait pas.

- Le soutien de nos proches est indispensable pour devenir un grand chevalier ou une grande chevalière.

Printed by Amazon Italia Logistica S.r.l.
Torrazza Piemonte (TO), Italy